Segunda edición: marzo 2016

Traducido por Edelvives

Título original: *Karel in de bibliotheek*
© Editorial Clavis Uitgeverij, Hasselt-Amsterdam, 2009
© De esta edición: Grupo Editorial Luis Vives, 2015

ISBN: 978-84-263-9780-5
Depósito legal: Z 648-2015

Impreso en Serbia.

NACHO VA A LA BIBLIOTECA

Liesbet Slegers

EDELVIVES

HOLA, ME LLAMO NACHO.
HOY VISITARÉ LA BIBLIOTECA
CON PAPÁ.
ALLÍ TIENEN MUCHOS LIBROS.
¡VIVA! QUÉ GANAS TENGO DE IR.

HAY MUCHAS ESTANTERÍAS
Y TODAS ESTÁN LLENAS DE LIBROS.
¿CUÁNTOS HABRÁ?
—MIRA, NACHO, AQUÍ ESTÁN
LOS LIBROS PARA NIÑOS COMO TÚ
—ME EXPLICA PAPÁ—. Y MÁS ALLÁ
ESTÁN LOS DE LOS MAYORES.

VAMOS AL LUGAR DONDE
ESTÁN LOS LIBROS ILUSTRADOS.
HAY CAJAS DE COLORES Y CADA
UNA TIENE UN MONTÓN DE ELLOS.
¡QUÉ BONITOS DIBUJOS!
¡QUIERO VER ESTE CUENTO! Y TAMBIÉN
ESTE, EN EL QUE SALE UN NIÑO.

—VAMOS A LA SALA DE LECTURA
—DICE PAPÁ—. ¿TE GUSTA ESTE
LIBRO? ¿QUIERES QUE LO LEAMOS?
VAMOS A VER...
EN SUS PÁGINAS SALEN
PERSONAS, ANIMALES Y MUCHOS
COLORES. ¿Y QUÉ MÁS?

—ES UN LIBRO ESTUPENDO.
¿NOS LO LLEVAMOS A CASA?
—PREGUNTA PAPÁ—.
PODEMOS ESCOGER MÁS,
PERO NO LLEVARNOS TODOS, CLARO.
¿CUÁLES TE GUSTAN MÁS?

LE DAMOS LOS LIBROS
A LA BIBLIOTECARIA.
¡NO TENEMOS QUE PAGAR NADA!
LE ENSEÑO MI CARNÉ Y ELLA
LO PASA POR EL ORDENADOR.
"BIP, BIP". ASÍ REGISTRA
CUÁLES ME LLEVO PRESTADOS.

PAPÁ METE LOS LIBROS
EN UNA BOLSA.
YO LLEVO MI FAVORITO
EN LA MANO.
LO LEERÉ EN CUANTO
ESTEMOS EN CASA.
¿LE GUSTARÁN A MAMÁ?

LLEGAMOS A CASA Y LE ENSEÑO
LOS LIBROS A MAMÁ.
—¡ESTUPENDO! —EXCLAMA—.
PODREMOS LEERLOS JUNTOS.
PERO YO QUIERO VERLOS ANTES.
¡QUÉ NIÑO TAN DIVERTIDO!
¿POR QUÉ SE ESTARÁ RIENDO?
PASO LA PÁGINA.

¡QUÉ BIEN! VOY A LEER CON MAMÁ.
¿QUÉ LIBRO ESCOJO?
¡YA SÉ! EL CUENTO DEL PATITO.
MAMÁ LEE EN VOZ ALTA
Y MI PELUCHE TAMBIÉN LA ESCUCHA.

—HOY TENEMOS QUE DEVOLVER
LOS LIBROS A LA BIBLIOTECA
—ME RECUERDA MAMÁ.
—¿TAMBIÉN EL DEL PATITO?
—LE PREGUNTO.
—SÍ, PARA QUE OTROS NIÑOS
LO PUEDAN LEER —ME EXPLICA.

—HOLA, NACHO. ¿TE HAN GUSTADO
LOS LIBROS? —ME PREGUNTA
LA BIBLIOTECARIA.
—¡SÍ! LOS HE LEÍDO COMO DIEZ
VECES CON MI PAPÁ Y CON MI MAMÁ.
—ESTUPENDO —CONTESTA ELLA—.
AHORA PUEDES ESCOGER OTROS.

¡HAY TANTOS LIBROS PARA ELEGIR!
SIEMPRE ENCUENTRO ALGUNO
QUE NO HABÍA VISTO ANTES.
ME ENCANTA LEER CON PAPÁ
Y CON MAMÁ.
¡IR A LA BIBLIOTECA ES MUY
DIVERTIDO!